Werner Färber · Sabine Kraushaar

So ein Trubel!

Dieses Buch gehört:

____

Werner Färber

So ein Trubel!

Mit Bildern von
Sabine Kraushaar

Silke setzt sich an den Küchentisch.
Sie holt ihr Heft
aus der Schultasche.
Silke macht Hausaufgaben.
Gerade hat sie die richtige Seite
im Buch gefunden,
da klingelt es an der Wohnungstür.
Silke sieht auf die Uhr.
Das ist bestimmt ihr Bruder Robin.
Der kommt immer um diese Zeit
aus dem Kindergarten.

Silke schaut durch den Türspion.
Im Treppenhaus
ist niemand zu sehen.
Dann ist es ganz sicher Robin.
Er versteckt sich nämlich immer,
nachdem er geklingelt hat.

Diesmal will Silke
Robin schmoren lassen.
Sie findet es doof,
dass er ständig
denselben Streich spielt.

Na bitte – schon klingelt es wieder.
Gleichzeitig donnert jemand
gegen die Tür.
„Wer ist da?“,
fragt Silke scheinheilig.
„Silke! Mach auf!
Schnell! Ich muss mal!“
Das klingt dringend.
Silke macht die Tür auf.
Robin drängt an ihr vorbei.
Die Hose hat er schon auf.
Er stürzt ins Badezimmer.
„Du bist gemein!“,
ruft Robin aus dem Badezimmer.
„Du hast mich extra lange
draußen warten lassen!“
„Selber schuld“, sagt Silke.

RObin

Mit einem Bilderbuch unter dem Arm kommt Robin in die Küche.
„Wo ist Mama?“, fragt er.
„Weg“, sagt Silke nur.
Robin stört sie
bei ihren Hausaufgaben.
„Und wo ist Papa?“,
fragt Robin weiter.
„Auch weg.“
„Wohin weg?“, will Robin wissen.
„Einkaufen weg“, antwortet Silke.
„Mit Mama zusammen?“,
fragt Robin.

„Weiß ich nicht.
Halt endlich den Mund."
Robin hält den Mund.
Aber nicht lange.
„Ich hab Hunger", sagt er.
„Dann nimm dir eine Banane",
schlägt Silke vor.
„Mag aber keine Banane",
sagt Robin.
Silke verdreht die Augen.
„Schmier dir ein Brot
mit Pflaumenmus."
Robins Augen leuchten.
„Pflaumenmus – lecker", sagt er.
Endlich hat er was zu tun.
Wird auch Zeit.
Silke brütet nämlich
über einer schweren Rechenaufgabe.

„Silke, ich krieg das Glas
nicht auf“, sagt Robin.
Silke wirft den Bleistift
aufs Heft.
„Gib her, ich helfe dir.
Und danach lässt du mich
endlich in Ruhe, kapiert?“
Silke bekommt das verklebte Glas
auch nicht auf.
Deshalb schmiert sie Robin
ein Honigbrot.
„Ich mag aber keinen Honig.
Ich will Pflaumenmus“,
beschwert sich Robin.
Silke funkelt ihren Bruder an.
„Iss!“, sagt sie.
Es klingt wie ein Befehl.
Robin wagt nicht zu widersprechen.

Robin lümmelt sich neben Silke
an den Tisch
und blättert mit klebrigen Fingern
in seinem Bilderbuch.
Silke sagt nichts.
Sie ist froh,
dass er endlich still ist.
In Rekordzeit
verschlingt Robin das Brot.

Hoffentlich will er nicht
gleich noch eines haben.
Silke hat Glück.
Ungestört kann sie
die knifflige Rechenaufgabe lösen.
Schnell packt sie das Heft
und ihr Rechenbuch weg.
Sie holt ein anderes Buch
und ein neues Heft aus der Tasche.

Robin ist fertig
mit seinem Bilderbuch.
Er schaut seiner Schwester zu.
Silke spitzt ihren Bleistift.
„Was machst du da?“, fragt Robin.
„Bleistift spitzen, du Doofi“,
antwortet Silke.
„Und wenn er spitz ist?“
„Dann schreibe ich“,
sagt Silke.

Ein kleiner Bruder
ist fürchterlich anstrengend.
Robin ist erst fünf
und hat keine Ahnung von Schule.
Und von Hausaufgaben
erst recht nicht.
Obwohl er ja am liebsten
auch schon zur Schule ginge.
Aber es dauert noch länger
als ein Jahr,
bis Robin in die erste Klasse darf.
Silke ist dann schon
in der dritten Klasse.

„Ist das jetzt Schreiben?“,
fragt Robin nach einer Weile.
„Ja“, sagt Silke genervt.
Sie würde ihn gern wegschicken.

Aber Mama sagt immer,
dass Robin zuschauen darf,
solange er nicht stört.
„Zeigst du mir heute,
wie Schreiben geht?“,
fragt Robin.
„Jetzt nicht“, sagt Silke.
„Gestern hast du es mir
aber versprochen“, sagt Robin.
„Halt endlich die Klappe“,
schimpft Silke.
„Sonst werde ich nie fertig.“
Robin reckt den Hals.
Er schiebt sich ganz dicht
an seine Schwester heran,
damit er besser sehen kann,
was Silke macht.

„Mensch“, sagt Silke,
„drängle nicht so.“
Robin rückt ein wenig weg.
Gelangweilt stützt er
die Arme auf den Tisch,
legt den Kopf auf die Hand
und seufzt.

Silke schaut kurz hoch.
„Ich hab gar nicht gewusst,
dass Stroh so schwer ist“,
sagt sie.
„Welches Stroh?“, fragt Robin.
„Du kapierst auch gar nichts“,
sagt Silke.

Sie zuckt mit den Schultern.
„Aber ich weiß ja,
dass du nichts dafür kannst.
Wer Stroh im Kopf hat,
kann eben nicht denken.“

Robin kapiert immer noch nicht.
„Wenn du mir zeigst,
wie Schreiben geht,
kann ich dir vielleicht helfen“,
sagt er.
Silke stöhnt.
Ihr kleiner Bruder
ist heute lästig
wie eine Brummfliege.
„Lass mich endlich in Ruhe!“

Robin verschränkt die Arme
und schiebt die Ellbogen
weit auf den Tisch.
Silke schreibt weiter.
Aber schon geht es wieder los.
„Ich hab immer noch Hunger“,
sagt Robin.

„Dann mach dir noch was.“
„Und Durst hab ich auch“,
mault Robin.
„Dann trink was“,
antwortet Silke ziemlich laut.
Sie beginnt die nächste Zeile.
„Silke, ich bekomme die Flasche
nicht auf“, sagt Robin.

Er hält seiner Schwester
eine Flasche Mineralwasser hin.
„Ro-bin, bit-te“, sagt Silke.
„Wenn ich aber Durst habe“,
jammert Robin weiter.
Silke legt den Bleistift weg.
Sie schraubt die Flasche auf.
Es zischt und spritzt.
Silkes Pulli wird nass.
Ihre Hose auch.
Silke springt vom Stuhl auf.
Der Stuhl kippt um.
Silke hält die Flasche
weit von sich.
Das Mineralwasser tropft
auf den Tisch, auf ihr Heft,
auf ihr Schulbuch
und auch ins Federmäppchen.

Robin hüpft lachend
durch die Küche.
„Reingelegt, reingelegt!“, ruft er.
„Ätsche, bätsche, hab geschüttelt!“
Wütend packt Silke
ihre Sachen zusammen.
Mama und Papa sind gemein.
Wie können sie Silke
mit diesem Ungeheuer
von einem Bruder allein lassen?

Silke geht in ihr Zimmer,
knallt die Tür zu
und schließt sich ein.
Auf ihrem Schreibtisch
liegen alle möglichen Sachen.
Deshalb legt sich Silke
auf den Bauch und
macht die restlichen Hausaufgaben
auf dem Fußboden.

Kurze Zeit später
klopft es an der Tür.
„Hau ab, du Strohkopf!",
brüllt Silke.
Es klopft noch einmal,
jemand drückt die Türklinke.
„Du sollst abhauen!",
ruft Silke noch einmal.
Sie dreht sich halb um
und schleudert einen Schuh
gegen die Tür.

„Silke, was machst du denn?",
fragt Mama.
Silke ist überrascht.
Mit Mama hat sie nicht gerechnet.
Sie rappelt sich hoch
und schließt die Tür auf.

„Ich habe gedacht,
es wäre Robin“, sagt Silke.
„Deswegen musst du
nicht gleich so herumtoben“,
sagt Mama.
„Müsst ihr immer streiten?“

Mamas Blick fällt
auf Silkes Schulsachen.
„Wieso machst du
deine Hausaufgaben
schon wieder im Liegen?“,
will Mama wissen.
„Ich wollte sie ja
am Küchentisch machen.
Aber Robin hat mich
nicht gelassen“,
erklärt Silke.

Trotzdem schimpft Mama,
weil Silke ihre Hausaufgaben
auf dem Fußboden erledigt.
Und weil Silke und Robin
schon wieder gestritten haben,
schimpft Mama auch.
Außerdem ist sie sauer,
dass Silke ihrem kleinen Bruder
nicht geholfen hat,
den Küchentisch abzuwischen.

Silke versteht das nicht.
Nur weil sie älter ist als Robin,
bekommt immer sie die Schimpfe ab.
Nie ist ihr Bruder schuld.
Immer nur sie.
Und dann schneidet Robin
auch noch eine Grimasse.
Hinter Mamas Rücken.

Wie ein Kistenteufel
springt Silke auf.
„Hau ab!“, schreit sie Robin an.
Sie schubst ihn aus ihrem Zimmer.
„Sag mal, spinnst du?“, fragt Mama.
„Nein, ich spinne nicht!“,
schreit Silke.
„Immer hältst du zu ihm!
Und wenn er mir
Gesichter schneidet,
siehst du es nicht!“
„Petze, Petze!“, ruft Robin.
Mama schlägt die Hände
über dem Kopf zusammen.
„Warum könnt ihr euch
nicht einmal vertragen?“

Am Nachmittag muss Mama
zum Zahnarzt.
„Das Beste wird sein,
wenn ihr mitkommt“, sagt Mama.
Doch weder Robin noch Silke
wollen im Wartezimmer herumsitzen.
„Ich gehe lieber
auf den Spielplatz“, sagt Silke.
„Au ja, ich auch“,
meint Robin begeistert.
Mama sieht die beiden an.
Ob das wohl gut geht?

Auf dem Spielplatz trifft Robin
eine Freundin aus dem Kindergarten.
Die beiden spielen im Sandkasten
miteinander.

Silke schaukelt
mit ein paar Kindern
aus ihrer Klasse um die Wette.
Wer am weitesten abspringen kann,
hat gewonnen.
Silke wird beim Toben ganz warm.
Sie zieht ihren Anorak aus
und legt ihn auf die Bank.
Schon ist sie wieder dran.

Silke schaukelt so hoch
wie sie kann.
„Erstklässler, Tintenfresser!“,
rufen vier große Jungen im Chor.
Silke und ihre Freunde
lassen sich nicht ärgern.
Silke schaukelt weiter.
Einer der Jungen
nimmt ihren Anorak von der Bank.
Wie ein Lasso schwingt er ihn
über seinem Kopf.
„Erstklässler, Tintenfresser!“,
ruft er wieder.
Silke springt von der Schaukel.
Sie rutscht aus
und fällt der Länge nach
in den Dreck.

Die großen Jungen
lachen und spotten.
Natürlich bekommt Robin mit,
dass die Jungen
seine Schwester ärgern.
„Ihr seid gemein!“, ruft er.
Mit gesenktem Kopf rennt Robin
auf den Anführer zu.
Der hält Robin Silkes Anorak hin.

Im letzten Moment
zieht er ihn zur Seite.
Wie ein Torero beim Stierkampf.
Der große Junge
knüllt den Anorak zusammen
und wirft ihn
einem seiner Freunde zu.
Robin rennt hinterher.
Der Anorak fliegt zum nächsten.

„Hau endlich ab, du Zwerg“,
sagt der dritte Junge,
bevor er den Anorak
zum vierten wirft.

Schließlich landet der Anorak
wieder beim ersten Jungen.
Der spielt erneut den Torero.
„Olé!“, ruft er und lässt Robin
noch einmal ins Leere laufen.
Robin lässt nicht locker.
Immer wieder versucht er
Silkes Anorak zu erwischen.
Immer wieder ruft der Junge: „Olé!“
und springt zur Seite.

Bald stehen fast alle Kinder
auf dem Spielplatz
um die beiden herum.
Die meisten lachen.
Ein paar klatschen sogar Beifall
und feuern den großen Jungen an.
Endlich schiebt sich Silke
durch die Zuschauer.
„Bei Kleineren traust du dich,
du Feigling!“,
schreit sie den Jungen an.
Der Torero schaut überrascht
zu Silke.
„Wie hast du mich genannt?“,
fragt er drohend.
Vor lauter Ärger achtet er
nicht mehr auf Silkes Bruder.
Rumms!

Robin donnert mit dem Kopf
gegen das Kinn
des großen Jungen.
Im ersten Augenblick
kapieren beide nicht,
wie es dazu gekommen ist.
Der Torero hat offenbar
nicht damit gerechnet,
dass Robin
einen weiteren Angriff
starten könnte.

Gleichzeitig ist Robin vollkommen überrascht, dass der Junge dieses Mal nicht ausgewichen ist.

Sofort fühlt Robin
einen pochenden Schmerz
unter dem rechten Auge.
Auch seine Nase tut höllisch weh.
Trotz seiner Schmerzen
rappelt Robin sich schnell auf.
Er schnappt den Anorak
und rennt zu seiner Schwester.
„He, du Flasche!“,
ruft einer der Zuschauer
dem großen Jungen zu.
„Lässt dich einfach
von so einem Zwerg umhauen.“
„Halt die Klappe, du Großmaul!“,
zischt der Torero ihn an.
„Lauf!“, ruft Silke Robin zu.
So schnell sie können,
suchen sie das Weite.

Silke schaut sich immer wieder um.
„Geht's noch?“, fragt sie
ihren kleinen Bruder.
„Ja, klar“, stößt er hervor.
Erst als sie sicher sind,
dass ihnen keiner folgt,
halten sie an.
„Du blutest ja“,
sagt Silke erschrocken.

Robin sieht an sich hinunter.
„Wo denn?“, fragt er.
„Aus der Nase“, antwortet Silke.
Robin fasst vorsichtig
an seine Oberlippe
und betrachtet seine Finger.
Tatsächlich. Rot.
„Tut es sehr weh?“, fragt Silke.
„Geht so“, antwortet Robin.

Silke stubst ihn freundlich an.
„Du siehst ziemlich wild aus.“
„Du aber auch“, erwidert Robin.
Silkes Strumpfhose hat beim Sturz
einen Riss bekommen.
Ihr Pullover ist schmutzig
und ihr Anorak natürlich auch.
Außerdem hat sie sich
beide Hände aufgeschürft.

Silke schaut sich Robins Gesicht
genauer an.
„Dein Auge könnte blau werden“,
sagt sie.
Robin zuckt mit den Schultern.
„Mir doch egal.“
Silke findet es ziemlich toll,
dass Robin sich ihretwegen
auf dieses Großmaul gestürzt hat.
„Danke“, sagt Silke
und zieht schniefend
die Nase hoch.

Robin schnieft ebenfalls.
Seine Nase
blutet noch immer.

Als Silke und Robin
nach Hause kommen,
ist Mama schon da.
Zu dumm.
Eigentlich hätte Silke gern
den Pullover und den Anorak
ein wenig sauber gemacht.
Aber Mama ist es ziemlich egal,
was mit den Sachen
von Silke und Robin los ist.
Mama will nur wissen,
was auf dem Spielplatz
passiert ist.
Silke erzählt die ganze Geschichte.
„Und dann ist Robin einfach
auf den Anführer losgerannt“,
sagt sie schließlich.

Mama schüttelt den Kopf.
„Und hat dabei selbst
ordentlich Prügel bezogen“,
sagt sie besorgt.
„Quatsch, Mama“, sagt Robin.
Silke lacht.
„Nein, Mama“, sagt sie.
„Ein paar Mal hat sich Robin
foppen lassen,
aber dann hat er den Kerl
einfach umgerannt.“
Robin nickt.
„War aber mehr aus Versehen“,
gibt er zu.
„Der war fast
einen ganzen Kopf größer
als Robin.“
Mama runzelt die Stirn.

„Ihr sagt auf alle Fälle Bescheid,
wenn der Kerl
noch einmal dumm kommt.“
„Klar, Mama“,
versichern beide gleichzeitig.

Bis zum Abendessen
sind Silke und Robin
ein Herz und eine Seele.
Ihr Streit vom Mittag ist vergessen.
Als sie zu Bett gehen,
lassen beide ihre Zimmertüren auf.
„Erzählst du mir
noch eine Geschichte?“,
flüstert Robin über den Flur
zu Silke hinüber.

Silke zögert.
Eigentlich wollte sie ja
noch was lesen.
Egal.
Sie schleicht zu Robin hinüber
und legt sich zu ihm ins Bett.

„Wie wäre es mit einer Geschichte
vom starken Robin?“,
fragt Silke.
„Der den großen Torero
aus den Latschen haut“,
sagt Robin und kichert.
„Also gut“, sagt Silke
und fängt an zu erzählen.
Bis ihr nichts mehr einfällt.

„Silke?“, fragt Robin da und gähnt.
„Was denn noch?“
„Zeigst du mir morgen,
wie Schreiben geht?“
„Quälgeist“, sagt Silke.
„Bitte“, bettelt Robin.
„Na schön“, antwortet Silke.
„Sonst gibst du ja
doch keine Ruhe.“
„Mhm“, macht Robin.
Und dann schläft er ein.
Ganz plötzlich.